구암출판사 시선집 ④

내 안에 비친 거울

김재곤 시집

구암출판사

발간사

꿈길을 걷는 것처럼 들뜬 봄길, 꽃들의 향연이 펼쳐지고 잔치가 열리고, 그길을 걷고 있는 내가 꽃보다 더 활짝 피어나는 것은 한 세월을 살아 온 나의 모양과 색깔이 많은 꽃들에 선망의 대상이 되었나 봅니다. 저마다 지닌 향기가 있듯이 내면에 지니고 있는 향기가 있어 꽃향기 폴폴 나는 봄 길의 작은 꽃들이 묵묵히 살아 온 나를 향해 미소 짓습니다.

문학 소년이 되고 싶었던 그 시절, 문장을 쓴다는 것은 아주 낭만적입니다. 서로의 주고 받는 마음으로 공감을 느낄 수 있었고, 인생의 경험을 교환할 수 있었기에 삶의 위로가 되고 활력소가 됩니다. 그런분들을 위해 만들어진 "시처럼 꽃처럼 인생을 그리다" 문학밴드에서 10기 수강생으로 열심히 공부하며 꿈을 키운 분이 있습니다. 꿈이 있기에 그는 늘 봉사하며 앞장 서 왔습니다. 그러기에 그는 드디어 꿈을 이뤄 등단을 하고 또 본인이 정말 갖고 싶은 시집을 출간하게 됩니다.

『수억 년을 가로질러/내 앞에 오신 당신//어디서 어떻게 오셨는지/환청처럼 들리는 목소리에/정신마저 혼미합니다//이런 시간이 올 것이란 것을/짐작이나 했을까 만은/나의 간절함이 기적을 이루었습니다//더 이상 서 있을 수 없을 만큼 떨리는 마음/혼신의 힘을 다해 당신 앞에 나아가니/보듬어 쓰다듬는 따스한 손길//하늘이 열리고/땅이 열리는 감격의 시간/그대의 시선이 한 줄기 빛처럼 찬란합니다.// 전문에서 보이 듯, 화자의 순수하고 애틋한 마음이 진정성 있는 마음, 생활, 실천으로 물 흐르듯이 흐느낌에서 미소 짓는 현실로 바뀌어 가는 과정, 내 안의 비친 거울은 한줄기 빛처럼 희망이 담겨 있습니다. 시인의 정서와 시상이 고스란히 담긴 첫 시집이 독자들의 가슴에 잔잔한 노래처럼 스며들어 특별한 감동을 불러일으킬 것으로 기대합니다.

시인으로서 결실을 만들어가는 길터에서 시처럼 꽃처럼 인생을 그리며 독자들과 행복한 시간이 되셔서 기쁨으로 승화하기를 기대하면서, 글을 짓는 사람들의 좋은 길잡이로서 아낌없이 추천합니다.

(사) 세계문학예술작가협회 이사장 임종구

★ 시인의 말 ★

꿈길을 걷는 것처럼 들뜬 봄길
꽃들의 향연이 펼쳐지고 잔치가 열렸습니다.
봄 길을 걷고 있는 내가 꽃보다 더 활짝 피어나는 것은
한 세월을 살아 온 나의 모양과 색깔이 많은 꽃들에
선망의 대상이 되었나 봅니다.

저마다 지닌 향기가 있듯이
저 또한 내면에 지니고 있는 향기가 있어
꽃향기 폴폴 나는 봄 길의 작은 꽃들이
묵묵히 살아 온 나를 향해 미소 짓습니다.

어릴 적 호롱불 밑에서 꼬박 꼬박 쓰던 일기장이
글동무가 되어주었고, 이순의 길목에서 인연을 맺은
시인 나래 스승님께서 마중물이 되어주셨습니다.
지면을 빌어 감사한 마음을 전합니다.
장인정신으로 시집을 엮어주신 구암출판사의 임종구
대표님과 시인나래 이미래 편집장님께 감사드립니다.

둥실 둥실 꽃가마에 고운님을 태우고 어디라도 간다면
금상첨화이겠으나 시집 한가득 실은 알부자가 되어 봄나들이
가렵니다. 가슴으로 쓴 시의 향기가 천리만리를 날아
독자님들의 품에 안기길
소원하며,
좋은 시로 보답하겠습니다.

시인 김재곤

통도사 19암자 순례기

 영통 산문을 숨죽여 들어서면 켜켜이 일어선 노송들이 그림자처럼 따라 나서며 도반 하자고 합니다.

 경남 양산에 위치한 영취산 통도사는 한국의 3대 사찰로써 불가에서 말하는 불.법.승 3보 사찰로 불보 사찰이라고 합니다. 부처님 진신사리가 법당 서쪽 마당에 모셔져 있기에 전국에서 유일하게 법당에는 불상이 없습니다. 참고로 법보 사찰은 부처님의 말씀을 경판으로 모셔져 있는 곳은 팔만대장경이 있는 경남합천군에 위치한 해인사이고, 승보 사찰은 스님들의 요람이라 할 수 있는 전남 순천시 조계산에 자리한 송광사입니다.

 불, 법, 승 공부를 간단히 마치고 나서 이내 통도사 본원을 끼고 걸었습니다. 왼쪽 섶에는 말사(19암자) 중에 유일하게 비구니(여승) 스님들이 단아하게 보듬고 있는 보타암이 있습니다. 지척에서 푸른 구름을 헤치고 앉은 취운암을 스치듯 지나면 만 중생의 간(입맛)을 맞추려고 된장으로 채운 수많은 장독을 볼 수 있습니다. 그 장독들을 유심히 보며, ‘우리네 근심을 꾹꾹 쟁여 놨을까’ 하는 생각을 하게 됩니다. 근심 걱정은 서운암 장독대에 묻어두고 뚜벅 뚜벅 산허리를 오르다 보니 노익장들의 기도하는 모습을 닮은 일천 이백 아라한이 모셔져 있는 옥련암에 다달았습니다. 무거워진 다리도 풀 겸 사시 예불을 올리고 공양간에서 허기진 민생을 달래 봅니다.

 우측을 돌아 백련암 초입에서 약수 한 모금 하고 이내 사명스님이 주석 하셨다는 사명암의 단풍나무 그늘에서 잠시 하늘 한번 쳐다보고는 뒤돌아 오르는 길목에서 수도암과 안양암을 지나 반야암에 이르러 반야심경을 읊조렸습니다. 왼쪽 길로 접어드니 길가에 핀 수리취가 향기를 뽐내고, 단청은 없으나 독수리가 내려 앉아 있을법한 단아하고 정갈한 도량이 내 눈을 의심케 합니다.
 쪽빛 같은 개울물을 따라 자장 율사를 친견 하고파 자장암 법당에 있는 돌부리를 물끄러미 바라보다 금쪽같은 물을 만나러 금수암에 이르렀으나 '절대 일반인 출입 금지' 라는 푯말에 한동안 서 있었습니다. '극락왕생하옵소서' 라고 되뇌이며 극락암 돌다리를 넘어 합장하고 돌아서서 정신없이 비로암까지 거슬러 올라 그제서야 달구지를 내려놓고는 수천계단을 오르는 동안 등산객들이 자꾸만 내 신발을 쳐다보던 것이 생각나 신발을 보니 구두를 신고 있었습니다.

'아차 구둣발이었구나, 기왕지사 맨발이면 더 좋았을 것을' 하며 하얀 구름위에 앉아 있을법한 백운암에 올라서니 천상천하 삼라만상이 백운암 부처님이 헤아려 금생을 위로해 주는 듯 그윽한 미소를 보내시는 것을 보고는 마음이 한결 가벼워졌습니다. 내려가는 계단 앞에 서니 오를 때 보다 몇 백 배나 많아 보이는 건 긴장이 풀려서 일까요. 구두를 신고 용케도 올라섰으니 내려가는 길도 천천히 내려가면 되겠지요. 산문밖에 다정히 숨 쉬고 있는 취서암의 형제격인 축서암에도 단청이 없습니다. 축서암을 뒤돌아 관음암 평상에서 감원스님을 뵙고 일문일답을 하였습니다. 장난끼가 발동한 나의 한 컷 하자는 제의에 흔쾌히 허락하심이 감사하여 찰칵 사진 한 장 찍고는 두 손 모아 합장을 하였습니다.
행행 본처요 지지 발처라 가도 가도 원래 그 자리요 이르고 이르른 곳이 처음 그 곳이니 초발심을 게을리 하지 말고 한결 같음을 잃지 않으려 합니다.

(사)세계문학예술작가협회 시인 김재곤
(사)세계문학예술작가협회 문예지
[세계문학예술]통권4호에서

1부 연듯빛 고운 봄날

11 만남의 의미
12 속마음
13 축제
14 현실
15 시상식
16 사랑의 세레나데
17 색깔
18 천생연분
19 감격
20 마음이 녹는다
21 세월이 오네
22 홀씨
23 공복
24 태화강변1
25 태화강변2
26 태화강변3
27 숨바꼭질
28 꿈꾸는 낙원
29 아버지의 숨결
30 대한 다원
31 여수
32 참이란
33 끈
34 골목 어귀
35 길 잃은 매화
36 옆구리
37 한의원 가는 날
38 숨고르기

2부 별들의 노랫소리에

40 별들의 노래
41 나를 깨우는 것들
42 쉼터
43 낭만
44 쇠북소리
45 겨울비에 젖은 산사
46 겨울이 운다
47 미로
48 나를 물들이는 것들
49 두고 온 것들
50 졸혼
51 냉가슴
52 덩그러니
53 만행
54 비련 앞에
55 갓 바위
56 보물찾기
57 술친구
58 사치
59 동산에서
60 동행
61 미련
62 추억의 노래
63 뜸
64 횡단보도
65 그대가 좋아서
66 환갑

3부 님과 함께 꽃마차 타고

68 거울
69 그 사람
70 시인 나래
71 시인 등단
72 성숙
73 하루
74 선물
75 그 얼굴
76 기억 너머
77 그리움
78 회귀본능
79 금오산 산채 비빔밥
80 화중지병
81 정전(나무 다듬기)
82 은해사에 가면
83 꽃과 처자식
84 말과 멍울
85 한 잔
86 부양이란
87 낙엽 그리고 나
88 갈대
89 태화강
90 내 님
91 산문을 나서며
92 추석
93 256번 시내버스
94 안개
95 문경새재
96 꽃 삼월

4부 행복의 나라로 가리라

98 행복맞이
99 술
100 내일
101 수암 시장
102 낯선 길
103 불국사
104 가지산
105 광복절
106 추억을 그리다
107 살아가는 동안
108 나의 노래
109 세월의 무게
110 장맛비
111 해바라기
112 내 안에 비친 거울
113 둥지
114 마음을 파는 이
115 발치
116 아린 가슴
117 동반자
118 하심
119 바람이 전하는 말
120 새벽바람
121 배 봉지를 씌우면서
122 아침 맞이
123 첫 월급
124 진정
125 왜?
126 봄 처녀
127 잊고 싶은 것들

1부
연둣빛 고운 봄날

오늘부터 나아가는 시간은
오롯이 나를 위한 행복의 날갯짓

오늘 이라서
그 사람이 인연이라서
못 다한 말들이 내 앞에 와서

만남의 의미

어제까지의 수많은 얘기는 뒤로 하고
오늘부터 나아가는 시간은
오롯이 나를 위한 행복의 날갯짓

누구를 만나
무엇을 소곤거리고
무엇을 먹고
어디를 돌아 다녀도
그냥 좋은 것을

오늘 이라서
그 사람이 인연이라서
못 다한 말들이 내 앞에 와서
참 감사합니다

이 사람이 행복의 동반자이라
믿고 싶습니다

속마음

대밭을 지나노라니
죽순 소리가 요란하다.

속도 없는 것이
얼마나 더 커야
그 속을 보여 주려는지

니 속을 들여다보고
내 속을 보여줘도
죽순의 속만큼이나 될까

변함없이 푸르른 자태며
지존 높은 선비의 화폭에
노니는 도도함 까지

격이 높은 이 길을
한 사내가 우러러 보며 지나간다.

축제

우리는 매일 축제를 한다.

새도
꽃도
나무도
바람도
사람도 모두 관객이다.

말하지 않아도
대답하지 않아도
무엇이든 대사가 되는
연극을 한다

오늘도 신을 부르는 듯
노래를 흥얼거리며
축제의 문을 연다
우리만의 화려한 무대를 꿈꾸며

현실

무엇을 그려야
어떻게 그려야 할까

눈
코
입술
뒷태

보이지 않는다
아무것도

해맑은 미소는 달빛이 가리고
예쁜 가슴은 먹구름이 집어삼켜
채울 수가 없다

작은 도화지에
그려 넣을 내 마음은
색깔이 없다

시상식

아침 조회 때 누구누구
그 많은 아이들의 이름을 부르더니만
약속한 선생님
내 이름은 없다

이쯤 와서 보니 이순 이라
어디선가 나를 부르는 소리가 들린다

나를 큰 세상으로
더 넓은 세상으로
눈을 뜨게 해 주는 등불 같은 님이여

저 상이 누구의 상이요
신인상 이라 나를 추켜세워 주시네.

나래를 펼 수 있었던 건
나래 스승님 덕분이라네

좋은 세월을 살아서
꽃물결 같은 말들만 뿌려 주소.

사랑의 세래나데

사랑은 받는 것도 아니고
주는 것도 아니라 하던데
아름다운 사랑이란
유치해야 그 맛을 안다던데

음치가 부른 노래도 가락 이라면
단 한사람은 박수를 치겠지

누굴 돕는 것은
나를 돌아보게 되고
나를 봉양하고 돌보는 것이라

사랑이 싹트고 자라
나를 사랑하고
너를 사랑하여
우리의 가슴을 살찌울 것이라

저 언덕 너머
아지랑이 춤사위를 따라
사랑의 운율이 두둥실 피어나리

색깔

제 모양
제 이름
제 냄새를 품고 산다면
얼마나 좋을까

내가 네가 될 수 없듯이
할미꽃이 백합이 될 수 없는데
너도 나도 우기며 산다

누구를 닮으려고 하지 마라
나로부터 속성이 있는데

망설임이란 말
스치는 바람이라면

투명하게 지나갔으면 좋겠다
아무 색깔 없이

천생 연분

잘 살아야 하는 것과
잘 살고 싶은 것은
미물이라도 알아채고
삼척동자도 아는 진리

가는 곳은 몰라도
가는 곳은 있더라
어떻게 살아야 하고
어떻게 살아가야 하는지

여기 저기 맞추고
끼우고 끼운 퍼즐 조각들
애시 당초 어긋난 것이었을까

춘향의 눈물은
나의 것이 될 수 없었을지언정

제 눈에 안경 이라는데
마음 둘 곳 있으면 연분이니
궁합일랑 묻지 마소.

감격

한 세기를 넘어 왔어도
님들의 눈물을 알 수 없다
어림짐작 할 수조차 없다

이승에 들려진 오늘이
마냥 꽃길 일순 없으나
가는 곳은 분명 알고 있으리

희뿌연 미세 먼지가
내 목구멍을 막을 지라도
그 영혼은 막지 못하였으니

정녕코 이젠
당신이 와서 말씀 하실 차례입니다

마음이 녹는다

저 마음 일심으로
처마 끝 고드름에 스며들어
아침 햇살에 윙크하며
천국으로 날아다니는데

철의 장막이 무너진 지
수십 년이 지났건만
녹슨 철조망은
그 자리에 버티고 있네

남극의 빙산도
무더위에 한풀 꺾인 듯
한 겹 한 겹 옷을 벗는데

녹슨 철망
저 안에 갇힌 마음을
풀어 낼 재주는 없을까

이 마음 녹이고
저 마음이 녹여
일엽편주에 실어 보았으면

세월이 오네

어디서 오는가
봄비 같은 겨울비는

어디서 오는가
때 이른 봄꽃 향기는

어디서 오는가
마주하는 실바람은

저 만치서
그들이 오네

저 앞에서
그 사람 같은 시간이 오네

홀씨

남의 얘기를 엿듣는 자
남의 얘기에 끼어드는 자
어떤 이들에겐
그들만의 노래가 되고 잔치가 되고
어떤 이에겐 비수로 꽂혀
멍이 되고 한이 된다

말이 홀씨가 되어
천리만리 춤추다
또 다른 씨앗이 되고
그들만의 싹을 틔운다

알 수 없는 싹
그런 까만 싹

머지않은 날
어리석음으로 남아
그들만의 이야기를 하고 있겠지

공복

기다리지 않은 아침이
저렇게 온다

미치지 않으면
살 수 없는 세상이다

미쳐야 산다
제 정신으로는
한시도 살수 없는 세상

무엇을 채워야
무엇이 채워져야 할까

엄청 배가 고프다
미치도록 허무하다.

태화강변1

오늘 따라 이 길이
호젓하다 못해 쓸쓸하다
세상이 온통 꽃길인데
이 길은 외로워
눈물이 왈칵 쏟아질 것만 같다

오려는 이 하나 없는데
누굴 기다리는 양
오려나
괜스레 설레어
자꾸만 뒤를 힐끔거린다

누군가를 기다리는 것만으로도
미소가 지어지는 건 왜일까

올 리 없는
그녀의 그림자 따라
걷고 또 걷는다.

태화강변2

오늘따라 손끝이 시리다
코끝이 시리다
잡힐 듯 말듯
도무지 알 수 없는 그 것

하늘과 땅
춘 사월 꽃 타령인데

이 사내만 대 밭 옆에
잔뜩 웅크리고 앉아

시린 손끝으로 한껏 토해낸
어둠이 내리는 강변을
추적추적 지나간다
빗방울처럼

태화강변3

누가 내 노래를 듣는가
누가 내 함성을 들었는가
목이 터져라 외쳐도
들어 주는 이 없네

십리 대밭 숲
왕대들의 합창 소리가 태화강을 뒤덮어도
어디에도 내 목소리는 들리지 않는구나

내 노래를
내 소리를
내 함성을
내가 들어 보리다

애절한 마음으로
구성진 마음으로

숨바꼭질

꼭 꼭 숨어라
어디로 숨었을까

술래가 또 술래가 되어
찾을 것은 있어도
찾은 이가 없어
해가 저물어 울음보 터진 술래

이 골목 저 골목을
목이 터져라 외쳐도 보고
산천을 뒹굴어도 봤지만

이 기억 저 기억
아스라이 멀어져 가네

너를 찾아
나를 찾아
겨울 강가에 우두커니 서 있네

꿈꾸는 낙원

돌아보는 것은
아쉬움 일까

돌아본다는 것은
미련일까

돌아보면
후회 하려는가

돌아 올 일 없으니
후안무치인가

돌아보고 또 돌아본다면
참회 일 것인데

아무도 탓 하지 않으니
내 것 단정히 하여

훌 훌 날아가소
오롯이 너만이 꿈꾸는 낙원으로.

아버지의 숨결

문무 대왕이 아들 신문왕에게 물었지
이 산을 울지 않고 넘겠느냐고

비켜 갈 수 없는 길이리면
그냥 가면 될 것을

품안에 든 것을 헤아릴 수 없어
초승달까지 먹고는 시치미를 뗀다

부모은중경 이라
얼마나 사무쳤으면
감은사를 등에 졌을까
만파식적을 듣는 백성들이
이 고을 저 고을에서
평안 했으리라

무너진 통곡을 추스리고
함월산에 올라
차디찬 동해에서 들려오는
아버지의 숨결을 듣는다.

대한 다원

하늘이 무너질 것처럼
심술궂은 샛바람이 때릴 것처럼
층층이 늘어선 삼나무가 정겹다

언덕배기에 이래저래 앉아서
소담거리는 저들은 할 말이 많다

보이차는 민초들과 거리가 먼 것일까
다원 앞마당에
녹차 아이스크림
아메리카노 커피 가게의 글자가 눈에 든다

"이 보시게 이것저것 다 마셔도
나를 마셔 보지 않고는
진정 그 맛을 모를 것이라네"

고관 대작들의 혀끝을 간지럽혔다는
설록차가 애둘러 돌아 선 길섶에서 내게 말한다

여수

스물 스물 순풍을 타고
날개 돋친 듯 흘러 와서는
금강 계단을 타고 향일암에 앉은
나에게 묻는다

정월 초하룻날

해 뜨기 전까지
바닷사람들의 무탈을 걱정하며
밤을 지새웠을 부타께서
시루떡 한 봉지를 내어 주신다

낭만과 젊음이 꿈틀거린다는
오동도 밤거리가 답할 것이 없어
술병을 입에 물고 흥얼거린다

그 밤은 뒤 집 추녀 밑으로 숨어들고
그 바다는 고요 속에서 잠이 든다.

참이란

태초부터 있어 왔던
무한한 진리를
왜 이제와 꺼내느냐고 묻길래

나도 모른다
다만
가장 쉬운 게 진실 이라고 하는데
억지부지로 우기며 산다고 답하였네

걸음을 떼면서부터
넘어지는 것을 먼저 터득 하고도
가시는 날까지 모른다 할텐가 한다

언제 나를 보여 줄 수 있겠나
그대에게, 나에게
완전한 참 모습을

내가 너를 모르고
네가 나를 모르지만
서로를 마주하는 거울이
참 모습이라 하네

끈

지푸라기라도 잡으려면
무슨 연유가 있어야겠지

이종 사촌의 그 사촌
사돈 팔촌의 또 팔촌

이 다리 건너고
저 강을 건너고

어렴풋이 떠오르는 그 집
내 나이를 걱정해 주는 그 집

그 날이 정월 초하룻날

이 고을 저 고을
이 날 저 날
잊지 않고 챙겨 주는 당신은

일 년에 한번뿐인
정월 초하룻날도 기억해 주시네

골목 어귀

눈감고도 지나갈 길을
굳이 길이라고 한다

둘이 마주하면 틈이 없는 길을
웃으며 옆으로 지나간다

콩닥거리는 내 가슴
낯익은 이 이는 누구인가

가로등 아래 마주치기라도 하면 어쩌지
콩닥거리는 내 가슴

그 이의 발걸음이
그 이의 뒷모습이
자꾸만 나를 따라오는 것만 같다

길 잃은 매화

서늘한 하루가 열리고
하늘이 내려오던 날

초대 하지 않은
손님이 왔다

섣달 엄동 지하에
무슨 꿈을 숨겨 놓았길래
저리도 고운 미소를 흘리시는지

훗날엔 때 맞춰 오소서
그 마음 아파
설한 동무에게 간청해보리다

낯선 길 찾아 온 님이여
살포시 안아 드리리다.

옆구리

마음이 움직이지 않는 것은
나름 연유가 있을 것인데
시린 코끝이 빨갛다

눈을 뜨면 휑한 공간
숨소리조차 들리지 않아
희미한 불빛마저 내 눈치를 본다

둥둥 떠다니는
저 마음 다치면 어쩌나
애달파 뒷걸음 쳐보지만
또 다시 멈칫거린다

냉가슴 앓는
가슴 속 시린 불꽃을
무엇으로 품어 줄꼬

한의원 가는 날

나이가 대수냐
무엇이 아까우랴

산들 추풍을 껴안고 달리는 길
하이웨이가 그림처럼 녹아든다

어디인들 의원이야 없으랴만
그 곳에 가는 날은 괜스레 설렌다

눈빛으로 침을 놓고
전율로 침을 맞는 곳

손끝이 스치는 곳마다
평온이 찾아드네

담에 언제 예약 해드릴까요?

심쿵한 미소에 아픈 것이
신기루처럼 사라지네

숨 고르기

누가 쫓아오는 것도 아닌데
돌아보면 언제나 그 자리 인 것을
하릴없이 세월만 쪼아 먹는다

이 만큼 왔으면
반나절은
하루쯤은 쉴 법도 한데

어디가 그늘이고
어디가 양지인가 몰라도
허리 한번 쭉 펴고 일어서 보려네

세상이 요지경이라 해도
숨 한번 길게 내쉬고
다시 한 번 용기 내어 보자

2부
별들의 노랫소리에

어쩌면 얄미운 시누이의 고자질 같기도 하고
어쩌면 귀여운 천사의 목소리 같기도 한

오래 전 부터 가슴 한 구석에서
소근대는 말

별들의 노래

동지섣달 초이틀
쏟아지는 별들의 아우성을 듣노라면

새벽과 힘겨루기 하다 지친 밤은
슬그머니 물러서고

새벽은 아침에게
하이파이 하며 미소 짓겠지

어쩌면 얄미운 시누이의 고자질 같기도 하고
어쩌면 귀여운 천사의 목소리 같기도 한

오래 전 부터
가슴 한 구석에서 소근대는 말

이 밤이 새도록
별들처럼 속닥거리네

나를 깨우는 것들

문득
돌아보는 시선에
희미한 그림자가 아른거려

의문을 부쳐보지만 알 수 없는 묵언

오래 된 그 무엇
소꿉놀이 숨바꼭질하던
추억 너머
난청이가 된 메아리

그게 나일 수도
그게 너일 수도 있겠으나

너를 일으켜 세우고
나를 깨우는 것이리라.

쉼터

해질녘 항구에 적막이 내려온다

종일 휘둘린 바람도
날갯짓에 지친 새들도
파도와 싸운 배들도 잠들었네

어제가 오늘 같고
오늘이 내일 같은 날

내 몸 둘 곳은 어디랴
내 이름 걸어 놓을 곳이 어디랴
잡힐 듯한 흔적 뒤집어 본다

여한 없는 행로의 쉼터가 여기라면
이곳에서 나를 쉬게 하고 싶다.

낭만

한 편에선 두 팔 벌려 환호하고
또 한 편에선 웅크리고 앉아 귀엣말을 한다

꽃바람 불고
황조롱이 울 시절
어디를 바라본들 탄성이 안 나올까 만은

넉넉한 심성일랑
어디에도 찾을 수 없고
쾌청한 노래는 들리지 않으니
한가한 뱃놀이는 언제였는지

적막한 커튼을 열어젖히고
기적 같은 광야가 펼쳐지는
그날이 내일이라면
나는 기꺼이 낭만이라고 말하리

쇠북 소리

덕숭산의 산야를
설화 동산으로 만들어 놓은 함박눈
천리 밖 불청객을 맞아 주누나

땅속으로 스몄나,
이응로 화폭 속에 녹았나,
김일엽 시 속으로 숨었나.

들리지 않는 소리들
돌아오지 않는 메아리

오던 길 되돌아
수덕 여관 쪽마루에 앉으니

새하얀 소복 입은
어느 여인의 애절한 절규가
덕숭산 등줄기를 타고 들려오는구나

겨울비에 젖은 산사

우수에 젖은 산사를 짊어지고
이산 저산 넘나 보건만
마땅히 내려놓을 곳이 어설퍼

백암산 언덕배기에 가보았으나
눈을 뒤집어 쓴
설양들이 웅성거린다

골골이 드러누운 겨울 안개는
서로 먼저 왔다고 우기지만
때 이른 나들이라
입춘님께 내어 주고

험하디 험한 태고 선율을 따라
선녀가 노닐 듯한 계곡을 따라
선암사 벼락에 기대서니
무심한 추녀 빗물이
옷깃을 적시며 나를 이끄네

겨울이 운다

눈물의 씨앗마저
까맣게 말라버린 지 오랜데

세상 밖의 일을
문득 뒤돌아 본 순간
지진처럼 나를 깨우네

한껏 움츠린 만상
말라깽이 같은 부스러기가
뚝뚝 떨어져
한치 앞도 보이질 않고

다시는 되묻지 않을 일
스쳐만 가도 터질 듯한 일들이
억누른 멍울처럼 통곡하며 내게 온다.

미로

좌충우돌 갈팡질팡
오뚝이라면 어땠을꼬

끝도 시작도
보이지 않는 사연
풀리지 않은 실마리

칠흑 같은 어둠의 끝은
어디쯤 있는지
대답 하는 이 없어라

먼동이 틀 무렵
다시금 걸어가네

어제 걸어간 그 길을

나를 물들이는 것들

모닝 미팅을 하면서
조회를 빌미로
안전 교육을 한다.

이만한 세상이란 걸
알만한 시절인데도
이래저래 부딪힌다

손가락 빙빙
맴도는 판에
그림자가 따라 간다.

여러 갈래로
여러 색깔로
여러 모양으로
나를 휘감아
머리끝까지 스며드는
말 말 말들

나를 아로 새길 이는 누구인가.

두고 온 것들

천지가 내 것 인양 희죽 거리다
슬쩍 돌아본 눈길을 따라 간 곳

잡배도 모르고
잡새도 모르는
희한하고도 알싸한 곳

우람한 형체를 옮겨 세울 일 없고
곳간 비었다고 비웃지 않을 곳

너 만큼만 살았으면
그래 너답다
정답이 없는 세상을
우긴 다고 세상이더냐
하는 그 곳

이 쯤 와서
남겨 둘 것이 없으니
내 몸이 가벼울 그 곳

졸혼

북풍한설 몰아치는 동지섣달
냉한 가슴은
새하얀 눈 속에 묻어두고

봄맞이 하듯
새둥지를 틀어보려고요

이렇듯 언제든
봄은 오겠지요
나에게도
우리에게도

졸혼이 독립운동 하는 날

홀로 선다는 것이
짠 하지만
가벼운 심신으로
31년을 뒤로 합니다.

냉가슴

속마음 아릴까봐
보고 싶단 말도 못 하고
그 마음 아플까봐
그립다는 말도 못 하는 뭉치

얼어 터진 논바닥보다도
칼바람을 안고 선 그루터기보다도
더 얼어붙어
어디에도 내 놓을 곳이 없는데

북풍한설이야
못 본 척 하면 그만이고
그리움쯤이야
힐끗 곁눈질하면 그만이지만

용광로를 녹일 듯한
뭉치의 냉가슴은 어이 하리요

덩그러니

슬쩍 흘린 꼬리가 잡혀
질질 끌려가는 듯
어색하기 그지없고

스쳐 가는 바람도
그저 가는 오늘도
짐작 하였네

한사코 아니라 해도
부인 할 수 없는 사연은
어디에다 증명 할꼬

맘 닫는 곳이 그 곳이면
더는 바둥거리지 않으리라

그를 달래고 돌아서는데
나만 홀로 덩그러니

만행

아무리 먹어도
채워 지지 않는 건 허기인가
무엇을 마셔도
배부르지 않는 건 갈증인가

태산을 집어 삼키고
태화강을 들이마시고
앳된 여인을 만나고

결국 내가 없는 세상에
덩그러니 남아 있는 너

날이 새면
가없는 나를 찾아
바람처럼
구름처럼 길을 떠나네.

비련 앞에

버려도 버려지지 않아
가슴 저미어 오고
미워도 미워지지 않는 건
연민 이련가

수줍은 겨울비가
내 마음 안아 주려는데
네 마음이
더 추워 보이는 건 왜일까

돌아가는 길이 너무 멀어
기억조차 없으나
우리가 가야 할 길이
험하고 질퍽하다 해도
꽃 길이였으면 하고

그 마음 닿는 곳에서 평온하기를
그게 너였으면
그게 나였으면.

갓 바위

엄동설한 팔공산에
오동나무 꽃이 피었다는 동화사

한발 한발 돌계단을 벗 삼아 오른 산 위에는
젖은 등줄기도 잊은 채
수 백 번 읊조리다
물끄러미 응시한 곳

얼마나 큰 상을 받았으면
저리도 버거워 보이는 석관을
등도 어깨도 아닌 머리에 얹었는지

삐딱하게 눌러 쓴 모양이
희한하게 굴러가는 작금을
비웃는듯하여 씁쓸하다

금생에 한 가지 소원은 들어주신다지요
기왕 버거운 석관을 쓰셨다면
요상하고 우울한 날들을 거둬 가시길

보물찾기

보물찾기 놀이처럼
곳곳에 숨겨 놓은 사랑놀이
가는 발자국마다 솜사탕 흩날리도록
그림 같은 추억을 심었었지

애써 좋아한다는 눈치를 보이지 않아도
서로의 마음을 읽을 수 있었지

여전히 귓전을 맴도는 그 말
세상에 너 밖에 없다고
오로지 당신 하나면 된다고

내 귀를 의심하고 또 의심해도
거짓말 같은 꿈 이었네
꿈같은 거짓말 이었네.

술친구

어느 날
그 놈이 나랑 친구 하잖다

친구 좋지

서너 시간 지났을까

“임마 니 누꼬?

술잔에 빠진
그 놈의 얼굴이 가관이다

저승까지 따라 온 그 놈이
흩어진 술병들을 주워 모은다

흐릿해진 그놈의 이름이
구름베개처럼 폭신하다

사치

현실에 얽매이지 않아도 될 만큼의
허무맹랑한 짓도 해 보고

무한한 도전을 감행하다
혼자 낄낄거려도 보고

천하에 없는 보석을
길바닥에 질질 흘려도 보고

이웃의 여인을 힐끗거리다
내 것 인양 품어도 보고

여한 없는 세월을 오르내리길 몇 백 일
시작은 몰라도 끝은 있더라

다시는 맛보지 못할 사치였음을
내 영혼이 맑아지는 후회였음을

동산에서

표정 없는 아침이면
그저 말 할 수 없는 현실에 가로막혀
헉헉 거렸지

누구에게도 손짓하지 않은 건
현실이 두려워서가 아니라
작금이 더 무서워서라

한순간에 집어 삼킬듯한 기세가
나를 모른 체 한다

내 뉠 자리 있음 편안한 세상일 텐데
어디에도 허락하지 않은 공간

마당이 없는
아주 넓은 동산에서
다시 살았으면

동행

무덤까지 따라 간다던 말은
무주공산 이었나
다시 태어나도 함께 하자더니

늘 함께 하고
늘 웃고 지낼 땐
그저 그렇게 세월을 흘려 보냈지

쓸쓸함에 불빛을 부여잡고
하소연 했건만
그마저 더 힘들다

진정
나와 길동무 할 이는 없는가
죽어라고 따라 나서는
착한 내 그림자밖에는

미련

알 듯 모를 듯
말할 듯 안할 듯
입가에 흘린 야릇한
표정은 무엇입니까

세간이 혼미하고
국난에 소용돌이를
걱정하시는 듯한
시안은 무엇입니까

수천 년이 지나도록
대답이 없으신 건 무엇입니까

그 넓고 넓은 미간으로 답 하시렵니까
속 시원히 말씀해 주시지요

4천년이 지나도록 한결 같은 얼굴은
누구에게 보여주시려 하나요
내님의 알 수 없는 미소는
누구의 영혼입니까.

추억의 노래

이쯤 와서 뭐라고 할 말이 있을 법도 한데
언 백년이 다가도록 침묵이다

꽃 피고 새 울어
춤도 추고 고운 때도 있었건만

한 세월 살짝 건너 온 것뿐인데
누굴 찾아야 하는지 현기증이 난다

분이
현이
경아
심아
내가 아는 모든 여인의 목소리를 듣고 싶다
아니 부르고 싶다

세상에 없는 이름들이 보고싶다
그들을 만나 노래하고 싶다

뜸

얼마나 더 기다려야 하는지
짐작할 수조차 없다

누가 오길래
무엇을 기다리길래
조마조마 서성이다 숨을 고르나

뜬 구름 한줌 집어넣고
총총 거리는 별 한 아름 안고 와서
넋두리하는 뜸

얼마나 더 익어야 나를 볼 수 있을까
얼마나 삭혀야 진한 맛이 나겠는가

횡단보도

이 길을 걷는 이는 누구인가
멀고 먼 이 길을 걷는 이 누구인가

나를 믿고 따라 온 나는
빨강 초록
저 색깔을 분간 할 수가 없네

용케도 간섭 하는 이 없어
제 갈 길을 간다는 것이
아장 어정 지그 제그
향한 곳이 이 곳이라

어제와 같은 이 길
아무도 아프지 말고
녹색 불 따라 다정히 가자구요

그대가 좋아서

비가 오네요
황금비가 오네요

그대가 보고 싶어서
비를 맞으며 걸어요

똑똑 떨어지는 황금비에
나의 마음도 노랗게 물들어요
이른 아침 걷는 이 길에
그대의 맑은 눈빛같은 비가 내려요

그대를 좋아하는 나의 마음같은 비가
노랗게 노랗게 내려와요

환갑

어느 시절에서 놀다 그 세월을 보냈노
내 나이로 산적은 얼마이고
내 이름을 외쳐 본적은 있었는가

이 만큼 와서
육십갑자 경자년이라
또 한 세월을 더하면
일백 이십년이거늘

어릴 적 꼭두새벽에 들리는
어매 기도는 늘 그랬다
120살까지 살라고

또 한 갑자를 넘노라니
보일 것만 같은 그 모습들
멍한 내 뒷그림자를 따라 걷다가

이제야 귀가 열린다는 소년처럼
해 맑은 군상으로 오늘을 밟고 간다

3부
님과 함께 꽃마차타고

내 글이, 내 노래가
천리만리 향기로이 날아
내님의 고운 얼굴에 앉아
열은 미소로 피어나게 하소서

거울

무엇을 들여다보고 계세요
어떤 것을 보고 계세요

아둔한 이 눈으로는
알량한 내 시근으로는
짐작 할 수가 없습니다

무엇을 품었길래 내연산 인가요

가도 가도 쏟아지는 열두 폭포는
누구의 눈물인가요.

누군가 나를 알아준다면
나를 알아주는 그를 위해
천하에 없는 거울로 비쳐
보여주고 싶습니다.

그 사람

한번쯤 그려 봄직한 이가
나를 웃게 합니다.
나를 춤추게 합니다.

때론 고운 얼굴로
때론 고운 손짓으로 다가와
슬며시 미소 지으며 눈을 감았습니다.

어제 같은 오늘이 건만
지워지지 않은 기억들

안고 가야 할 짐이 하도 많아서
어디쯤엔가 내려 두고 가려는데
도무지 짐작이 되지 않아요

다음 생에 다시 만난다면
그 사람을 꼬옥 안아주고 싶습니다.

시인 나래

등단은 하였건만
나래는 아무 말이 없다

어디로 가라고 하는 건지
짐작할 수 없으니 가늠하기 어렵네

어드메쯤 만나는 날
그 쯤 가서 가타부타 말을 해도 늦지 않을 터

그님은 나를 보고 아는 듯이 묻는데
대답하는 이는 시큰둥하다

내가 아는
그님 섬김은
이생에서 다시 물어 보련다.

시인 등단

이제 천상에 가서라도 말할 수 있으리라

엄마 아부지 만나도
한 섬 부끄럽지 않을 자신이 생겼네

어느 날인가
거짓말처럼 그의 손목에 이끌려
속절없이 곱게 피어나 여기에 왔네

"니 될 줄 알았다"
내 엄마 목소리다
"쪼맨 할 때 일기를 꼬박 꼬박 쓰더니"

나를 깨워 시인이 되었으니
나를 깨운 시인나래님을 스승으로 모시리

내 글이, 내 노래가
천리만리 향기로이 날아
내님의 고운 얼굴에 앉아
옅은 미소로 피어나게 하소서

성숙

찬 서리 맞으며 북극성과 악수하던 밤
고독과 환희 속을 오가며
눈물도 먹고 웃음도 날려 보냈었지

오뉴월 뙤약볕에 흘리던 비지땀이
너를 만나기 전에는
고독 눈물 뙤약볕
이런 건 세상에 없었던 것들이고
네가 자리 잡은 터엔
잡초만 무성히 자란다고 말한다

사방 경계를 몰라 쩔쩔 매다
문득 올려다 본 하늘

얼마나 더 외로움을 먹고
얼마나 더 좋은 영양제를 맞아야
좀 더 근사한 어른이 될 수 있을지.

하루

기적 같은 새벽은
나를 불러 세우고
그냥 와준 오늘이
어제 보다 고맙네

어딜 간다 말하면
몸이 알아서 가고
진종일 투정 없이
따라 다니던 아침

언제 사랑 했냐고
누굴 더 사랑 하냐고
떨어질 줄 모르는
해를 끌어안은 나에게

어제와 다른 아침이
삐죽빼죽 눈을 흘긴다

선물

무엇을 받았는가
무엇을 주었는가

대답 하는 이 없네
그냥 하는 거니까

아무런 포장 없이
밋밋하면 어때요

그대가
세상에서
가장 멋지고 값진
선물입니다.

그 얼굴

도무지 떠오르지 않아
어디에다 물어야 할지

황망한 잡념민
온몸을 감싸고

아
그 사람
그 여인
나에게 무엇이고
나에게는 어디까지였는가

누가 말하지 않아도
누가 시키지 않아도
그는 분명히 현기증처럼 찾아올 거야

기억 너머

나는 누구의 머릿속을
헤집고 앉아 성가시게 했을까
나는 누구의 가슴속을
지키고 앉아 속삭이고 있었을까

나의 머릿속의
그는 지금도 생생한데
그의 머릿속의
나는 지금도 여전할까

텅 빈 내 가슴에
누구를 담아 떠올려 보고 싶다
두드려도 깨어나지 않는
내 안에 그를 담고 싶다

꿈꾸는 듯 아련한 추억만이
썰물처럼 떠밀려
하얀 물보라 속에서
가물거리는 그의 모습

그리움

보고 싶다
보고 싶다
보고 싶다

이 마음 열두 번 접어
파랑새 둥지로 날아들어 환희를 꿈꾼다

북쪽으로
서쪽으로
훨훨 날아
님의 품에 안기어 미소를 지어 본다

손사래 치는 님을 향해
또 한참을
물끄러미 바라보지만
파랑새 떠난 빈 둥지에
그리움만 가득 찼구나

회귀본능

이당 저당 기웃 거리는 자들과
비교 하지 마소
언제나 한 자리에 있는
당당한 나니까

내 배속에 기름기라고는
끼어 본즉 없소

배라도 튀어 나왔으면
힘 꽤나 쓸 텐데
허구를 뒤집어쓰고
가진 꾀를 부리고도
기름이 번지르르한
당신들의 배는 남산만 하다지요

당신 머리가 큰지
내 머리가 큰지 대 보지 마시요
나는 오늘도 후손들을 족보에 실어 올리려
수천 수만리를 걷고 날고 헤엄쳐서
천상을 향해 가려 한다오

금오산 산채 비빔밥

도라지 고사리 취나물
산에도 없는 무채나물
시금치 콩나물이 정겹게
도란도란 수다를 떨고 있을 무렵

황금 빛 줄기를 등에 업은
검은 새가 다가와 같이 놀자 한다

누가 객이고
누가 주인이련가

여보게들
내가 입산하면
금오산은 금오옥산이요
비빔밥은 천하제일 식 성찬일 것이요

저기 멀리서 아쉬움 붙들고 서있는
오색 나뭇잎이 나를 향해 손짓하네

화중지병

인생사
누구나 그리다 만 그림
너 댓 장에서 오만 장은
간직하고 있다지요

밤새
대궐을 그리다 지우고
빌딩을 그리다 지우기를 반복한다지요

오늘도 이집 저집 들락거리다
그냥 무너지기를 몇 순배 넘어가오

하얀색을 검정색으로 착각하고
노란색을 빨강색인 줄 알았으니
무슨 그림이라 묻겠노

너나 나나 볼 품 없는 놈이라
그린 그림 실컷 보고
주는 떡이나 배불리 채우세나.

정전(나무 다듬기)

잠들지 않는 세월처럼
흐르지 않는 강은 없다

불지 않는 바람
구름을 잠재우듯
흐름을 멈춘 기억이
문득 나를 세워 놓는다.

잠시 지나가는 바람
호수에 잠긴 산을 흔들듯
스치는 지난 영상이
수첩 속 잠든 이름을 깨운다.

아무런 시선도
주지 않던 너의 이름
꽃으로 피어나지 못하고
잊힌 너의 모습

처음인 듯 마지막인 듯
스쳐간 시간 속에
여전히 그 이름 석 자
수첩 속에 나비처럼 꿈꾼다.

오늘따라 그대가 보고시퍼
마음빛 술 한잔에
울긋불긋 내 마음도 물들었네

은해사에 가면

이 시절에 어디엔들
이쁘지 않은 단풍이 있으랴만

한껏 맵시를 뽐내며
조잘 재잘 시끌벅적한 사이
서로 이별하는 단풍잎

천년 세월이 무심토록
은빛 찬연한 바다를 건너와
팔공산 언덕에 주저앉았구나

낙낙 장송은 이마를 맞대고
내가 더 근엄하다고 씩씩 거리다
신라 헌덕왕에게 혼이 나
꽁무니를 내려놓고

걷는 발자국마다
너도 따라오고
나도 따라와
은빛 찬연한 가을 언덕을 뒤돌아 본다.

꽃과 처자식

향기는
어디서 와서 어디로 간다는가

천리향은 천리를 날아
누구의 가슴에 안기고
만리향은 어느 임의 품속을 헤매는가

자식을 꽃밭에 놀게 하니
아이가 꽃이 되고
꽃이 아인가 싶어라

여인아
코를 빌려 가까이 가지 마소
그대의 향기가 달아날까 두렵소

내 아이
내 여인이
꽃으로 오더이다.
향기로 오더이다.

말과 멍울

돌팔매에 맞아도 보고
회초리에도 맞아 봤지만
멍든 흔적은 없고
자국만 남아 있네

사람이 사람을 때리고
말로 말을 후려갈긴다면
세상 어딘들 성한 곳 있으랴

날 힘들게 하는 그는
나보다 더 힘들 것이라

더는 누구도
성가시게 아프게 하지 마소
말로 때린 멍은
그 어떤 약으로도 치유하기 어려울 터

같은 말이라도
자국이 남지 않는 말이었으면 좋겠네

한 잔

무엇을 담을 것인가

오만가지
천만가지를 쏟아 부어도
채워지지 않는 이유는 무엇일까

네 말은 옳고
내 말은 빈말이 되어
흘러드는 술잔 속으로 들어갔는가

이말 저말 가리지 않고
다 주워 담아
내가 다 마시리라

부양이란

내 꽃동산에서 놀 땐
내 꽃구름처럼 놀 땐
참으로 순박하였다

저 놈이
저 녀석이
지 애비 안 닮기를
간절히 바라면서
애지중지 키워졌지

내 어미 들쳐 업고
이곳저곳 요양원 서성이던
시간, 시간들

진작 내가 없었으니
이제는
내가 나를 부양 할 때임을 알았네.

낙엽 그리고 나

저들이 외로워 떨어진다고
이 나무 저 나무에 매달려 울고 있구나

조바심 반
두려움 반

어디로 떨어지는가
어디로 흘러가는가

구르는 모양이 하도 정겨워
정신없이 따라가다 보니
어느 한적한 곳에 다달았네

우리는
우리는
둘이 둘이 마주보고 서 있네

갈대

얄궂은 폭풍우도
얄미운 뙤약볕도
온 몸으로 견디며
이 강가에 섰구나

시인의 야린 가슴을
흔들어 깨우고
가녀린 여인의
옷자락을 붙잡고 섰구나

무슨 사연이 저리도 많아
오가는 이를 말없이 바라보나

산들 바람 그리며
산들산들
춤추는 갈대의 순정

태화강

영취산이 선몽하고
억만겁의 산통끝에
가지산이 잉태하여
언양천이 길렀다네

이 댐 저 댐
이 고을 저 고을
다 퍼 주고도 풍족한 마음
내 엄마 품속 같은 태화 벌판에서 쉬고 있네

수만 키로 미터를 건너온 새들과
생사를 넘나들며 고향 찾아온
연어는
경의롭기도 한데

여한 없이 가슴을 내어 주고도 남음이 있어
태화 들녘을 굽이돌아
대해에 당도하는 날
그를 위대한 태화강이라 이름 부르고 싶다.

내님

한번 쯤 본 듯
한번 쯤 만난 듯
먹먹한 가슴이 눈앞을 가려
한참을 맴도는 사이

겁먹은 표정으로
어색한 표정으로 다가오네

서두르지 말자
조금은 넉넉하게

나를 사랑하는
그를 사랑하는
마음과 마음을
눈빛으로 마주하자

산문을 나서며

장송들의 속삭임을 듣자고 묵언하는 사이
골짜기를 더듬는 물소리가 들려온다

그 소리에
귀 기울일 새 없이
산하를 옮기는데

산문을 찾는 나그네들

안과 밖
어딜 가도 이어지는 길에서

무엇하러 나가는 문을 찾는가
산에는 문이 없는 것을

추석

가을 저녁이 내려오면
젤 먼저 이슬이 따라오고
그 이슬 구르는 장단에
귀뚜리가 화음을 하니

백옥 같이 둥근 님은
수줍어 구름 속으로 숨었네

자가용 불빛 따라 들려오는
낯익은 목소리들

"할매 할아버지"
"오냐, 뭐할라꼬 왔노? 이 난리 통에"

구름 속으로 숨은 둥근 달님보다
더 환하게 웃음 짓는 기억들

어매 아부지도 이런 추석을 아실까?
아득한 꿈속 같은 그곳

어김없이 찾아오는 그날이 있어
나도 그 곳에 서 있다.

256번 시내버스

저녁 8시
새벽인양 이렇게도
고요하고 적막하네

걸음, 걸음마다
표정, 표정마다
어둠이 내려오고

발자국을 따라가 보니
고개 숙인 발소리에
버스마저 나를 외면하고
저만치 달아나버렸네

안개

골목마다 자리 잡고 누운 그가
깜빡 깜빡
희미한 가로등이 대답을 하는지
깜빡 깜빡

기억 저 너머의 나를 불러 세워 놓고
깜빡 깜빡
가만히 앉아 있는 나를 불러 놓고
깜빡 깜빡

내 마음 속에 들어 온 그가
깜빡 깜빡
대답 없는 질문을 되돌려 놓으려
깜빡 깜빡

문경새재

조령이라
새가 넘나들던 고개를
과거 보는 이들이 다녔던 길
그들은 새를 따라 갔을까

어느 섶에 앉으니
사진 속의 늘어진 개나리 봇짐이
왜 그리도 힘겨워 보이는지

어사화는 봉접이 와글거려
무거운 고개를 날아 넘는데

터벅터벅 발걸음
개울물 소리에 장단을 맞춘다

한참을 같이 걷다 보니
샛또랑이
앙증맞은 이 녀석이
어느새 나를 따라 왔네

꽃 삼월

밤새 쏟아진 비를 따라
거리에 내려앉은 벚꽃 잎들
찬 물기에 칭얼거린다

어딜 가든
누굴 만나든
젊은 날의 꿈을 피웠을 그들

날이 새도록
철부덕이 앉아
별들의 고향을 떠올리고 있었을까

스며든 빗물을 털어내며
비껴가고 싶은 그리움을
노래하고 있었을지도 모르지

4부
행복의 나라로 가리라

행복이란 이런 걸까
사람들과 함께 하는 것

숲 속을 누비는 새들과
그들을 반기는 나무들처럼

도란도란 나누는
이야기도 정겨웁다

행복 맞이

와글와글 바글바글
엎치락뒤치락
앞서거니 뒤서거니
이러쿵저러쿵

부단히도 움직이는 사람들
잘 살고 있는 모습이 보기에 좋아

행복이란 이런 걸까
사람들과 함께 하는 것

숲 속을 누비는 새들과
그들을 반기는 나무들처럼

도란도란 나누는
이야기도 정겨웁다

술

그의 눈은 무슨 색일까

파랑
노랑
까망
아니, 어쩜 하양색일지도 모른다

그에게 미친 듯이 달려들어
끌어안고 애무하고 온갖 짓을 해도
그는 꿈쩍도 하지 않는다.

무념무상
무색무취
허무하다

술
그는 내숭쟁이 인가 보다

내일

누가 물어 보던가

얄궂은 그늘에 앉아
이름 모를 악마와 씨름하며
너는 왜 사느냐고.

대답 할 이 없는데
할퀴고 지나간 흔적을
왜 간직하고 있느냐고.

홀로 핏대만 세우고 서서
그 사람이 바로 나라고
정직하게 말 할 수 있느냐고

난세영웅 난다는데
국난즉사현신이라

너는 있고
나는 없는 내일
진정한 내일이 되어 다시 찾아오리라

수암 시장

저기로 와서
어디로 가려는가

야음 채소상회
들머리 식육점
봉화 초장집
율리 참기름집
고래 고깃집

코로나에 짓눌려
맥없이 주저앉아있는 상인들
무관심과 두려움 속에 어두워지는
회한의 얼굴들

수암은 그대로인데
애절한 밤시간
낯선 코로나가
떠날 기색이 없네

낯선 길

어디를 보아도
그 길이 그 길인데
참으로 알 수 없네

여기가 여기 같고
거기가 거기 같은 길
한참을 걸어도
끝없이 이어지네

어디를 가든
투정 없이 가라 하네

묻지 않아도 대답하지 않아도
너만 같아라 하네
내가 걷는 이 길이

불국사

무작정 걷는다
발이 이끄는 데로 무작정

오래 전부터 우리가 몰랐던 그 때
님이 살던 곳이 떠오른다

바람 따라
숨소리 따라
멈추어 선 곳

여기인가 싶구나

내 님이
그토록 안주하고 싶었던 곳
여기가 불국의 정토라네

가지산

당신의 무한한 가슴에 스며들고파
땀 인지 빗물인지
눈물인지도 모를 나를 쏟아내고
당신과 마주합니다.

형언 할 수 없는 가슴으로
호박소를 내려놓고
흰 구름이 넘나드는
백운산을 동생 삼아
언제나 그 자리에 계신 당신

한참 자라날 때엔
당신이 큰지 내가 큰지
키재기를 한 적도 있었고
해발 1241m 위에 서면
내가 크다는 걸 알게 되었지요

이렇게 더없는 품을 내어주고
살포시 쓸어 안아주는
당신을 닮아가고 싶은 마음에
오늘도 당신과 함께 숨을 쉽니다.

광복절

광복을 위해 심신을 다 바쳐
조국을 일으켜 세웠건만
복되고 융성한
작금을 누리지도 못하시고
절절히 산하하신
님들의 넋을 길이길이 흠모하옵니다.

추억을 그리다

아장 아장
뚜벅 뚜벅
찰박 찰박

아가야
나에게 오렴
두 팔 벌려 안으니
솜털처럼 보드랍다

아련히 떠오르는
청년의 웃음소리가
시래기처럼 마른
나에게 추파를 던진다

사진 속 시간들이
회오리치듯 다가와
썰물처럼 흩어진다.

살아가는 동안

네가 살아 온 날들이
내 나이보다 많겠니

날이 저물어 다시 해가 뜨는
그런 아침을 기다려 본 적이 있었니.

나 보다 훌쩍 커버린 시간 앞에서
너는 그동안 어찌 살아 왔을까

어쩌면
예상 밖의 사치를 누리며 살았을지도
어쩌면
누구도 모를 듯이 꿈꾸듯 살았을지도.

네가 아픈 만큼 나도 아프고
네가 기쁜 만큼 나 또한 기쁘니
더는 가슴이 울게 하지 말자

너와 나 우리가 사는 동안에는

나의 노래

누가 나의 노래를 듣는가
누가 나의 함성을 들었는가
목이 터져라 외쳐도
들어 주는 이 하나 없네

십리 대밭 숲
왕대들의 합창소리가
태화강을 뒤덮어
내 소리는 어디에도 들리지 않는구나

한참을 서성이던
나의 노래는
나의 소리는
나의 함성은

이제 스스로 들어보리라

세월의 무게

30년을 짊어졌던
지개를 내려놓으려 한다

태산을 져다 옮겨도 보고
여 없는 무개가
내 어깨와 등을 오르내렸다

머리를 쥐어뜯고
오장 육부를 들춰내니
까만 변이 하얗게 타 버렸다

그렇게 일희일비 환갑이라
나를 토닥여서 어찌 살았노?
여한 없는 세월 속에
살아 온 이름 ‘김정열’

이제 내 이름으로 살자
‘김재곤’ 그 이름에
살도 붙이고 혼을 불어 넣고
거침없이 영공을 날자
나를 위하여 내 영혼을 위하여.

장맛비

무엇이 그리 다급해서
숨 넘어 갈듯이 쫓아오시나요

무엇이 그리도 한이 많아서
앞뒤 분간도 없이 휘두르시나요

당신이 조금만 비켜서면
아무 성냄도
아무 불평도 없이
그저 평화로울 것이거늘

부디 살펴 가시옵고
후제는
화사한 꽃비만 남기소서

해바라기

해바라기는
해만 따라가는 것이 아니라
진정 너를
그리고
나를
사랑하는 사람도 따라간다

그래서
바라기라고도
한다

내 안에 비친 거울

수억 년을 가로질러
내 앞에 오신 당신

어디서 어떻게 오셨는지
환청처럼 들리는 목소리에
정신마저 혼미합니다

이런 시간이 올 것이란 것을
짐작이나 했을까 만은
나의 간절함이 기적을 이루었습니다

더 이상 서 있을 수 없을 만큼 떨리는 마음
혼신의 힘을 다해 당신 앞에 나아가니
보듬어 쓰다듬는 따스한 손길

하늘이 열리고
땅이 열리는 감격의 시간
그대의 시선이 한 줄기 빛처럼 찬란합니다.

둥지

인연의 강을 건너고
개망초 피는 언덕을 지나
하늘을 날아서
나에게 온 당신

내가 자리 잡으려고 하는
내가 앉은 이 자리가
지상 낙원이라오

나에게 용기를 북돋아주고
당신의 마음을 보듬어서
만들어 낸 우리들의 둥지

밤의 색깔이 짙어질수록
우리들의 사랑도 깊어가리라

마음을 파는 이

빗물이 마음에 젖는 듯
마음이 빗물에 젖는 듯
진종일 스며드는 마음

나를 적셔야 네가 살고
네가 젖어야 내가 사는 이치
불변의 진리 앞에서
마음을 꺼내 보시게나

내가
좀 더 크면
마음을 파는 장사나
할까보다.

발치

걸음이 무뎌지는 것은
내 발이 너무 커진 이유일까
발끝이 보이지 않는다.

아련한 저 너머로
보일 듯 말 듯내려
앉은 추억 속에
때 이른 서리가 내려
보는 것조차 서러운데

더듬더듬 돌아서는 뒤안길이
너무도 허전한 것은
발끝이 시린 것이 그 이유일까

아린 가슴

한 번도 그냥 허투루 지나친 적이 없고
어떤 것을 해도 그 자리엔 내가 있었다.

허튼 것은 용납이 안 되는 내 몸짓

이렇게 사랑이 아플 줄 알았다면
한 번 쯤 못 본 척 지나갈 것을

어디에도 보이지 않는 이야기들이
세상에서 가장 아픈 노래를 부른다

동반자

무엇을 하고
어떤 것을 해도
그냥 좋은 사람

세상에서 가장
아름다운 이 중 으뜸이라

억만 겁을 짊어지고
수천 년을 애둘러 돌아오는 길에
묶인 인연의 끈이었다면
그 매듭을 풀어야 할 것이다

우리가 풀어 놓은 향기가
물결처럼 출렁거려도
두 어깨 나란히 하고 갈 일이다

하심

당신은 자꾸만
내려놓으라고 하십니다.

나는 가지고 있는 것도
가질 수 있는 것도 없는데
자꾸만 나를 다그칩니다.

나는작은 그 무엇도
아름다운 그 어떤 여인도
탐하지 않았습니다.

다만 그것들을
간절히 그리워
했을 뿐입니다

그것이 원죄라면
이젠 나에게 남아있는
당신마저 비우고 싶습니다.

바람이 전하는 말

앞마당에 꽃이 피었다는 순이네
앵두나무에 앵두가 열렸다는 숙이네

순이네 집에선 김치 부친개 냄새가 나고
숙이네 집에선 오징어 볶음 냄새가 나고

발 없는 말을 타고 천리만리 달려 와
소식을 알리는 바람이 전하는 말

눈 감으면 코 베어 갈 세상이라
니 말이 내 말이 되고
내 말이 네 말이 되고
돌고 돌고 돌고 돌고

바람 앞에서 숨을 고르니 바람 소리가 난다

새벽바람

새벽이 나를 끌어안고
어디론가 떠나려 하네

소슬 바람 소슬소슬
하늬 바람 하늬하늬
산들 바람 산들산들

바람의 합창소리에
만물이 일어나 춤을 추네

나를 끌어안은
너에게 묻고 싶다
너에게 듣고 싶다

내가 나라서 고맙고
그게 나라서 행복한지를

배 봉지를 씌우면서

삼라만상이
제각기 맵시를 드러내며
폼 나게 살 무렵
나는 그들과 이별을 준비해야 한다

세상에는
나를 감춰야
사는 것들이 있겠지만

우리는 무슨 연유로 만나게 되었길래

이토록 어린것들을
햇빛을 볼 수 없도록
암흑 속으로 밀어 넣다니

100일 기도 하는 마음으로
목을 동여매는 질긴 끈을
풀어주고 싶다

아침 맞이

아침이 오는 소리에
환호하듯 기지개를 켠다

하루라는 선물을
한 아름 안겨주려고 그가 온다

그를 맞이하기 위해
이리 저리왔다 갔다
몹시도 마음이 분주하다

그가 웃는다
아침이 웃는다
오늘도 꽃길만 걸으라고

첫 월급

어매 봉급 탔데이.
오야. 욕봤제 이 사람아.

곗돈 부꾸로 퍼뜩 보내라.
어매가 더 신이 났다.

야 야 곗돈 타서 송아지 샀다.
니 닮은 이쁜 놈이다.
춤이라도 출 듯이 한껏 들떠
있던내 엄마의 목소리다.

어무이
어매!
내 닮은 이쁜 송아지는 얼매나 컸소?

진정

무작정 그대가 좋아서
단숨에 사랑의 벽을 뛰어 넘어
여기까지 왔지요

당신도 나처럼 장막을 뛰어 넘어
여기까지 왔겠지요
제 아무리 무거운 세월이라 해도
우리 앞을 가로막진 못할 거예요

처음 그 느낌 그대로
매일 다짐하고 다짐하면서
우리 사랑 변치 말기로 해요

새벽이 다가오네요
아침을 맞이할 준비를 해야겠어요

창문으로 스며드는 햇살이
우리를 따사로이 비춰주네요

왜?

미움이 어디서 오는가.
밉다
싫다

사랑은 어디서 오는가.
좋다
흐뭇하다

저 사람이 싫은가?
저 사람이 미운가?
그건 너의 마음에 미움이 가득 차 있기 때문일 거야

저 사람이 이쁜가?
저 사람이 사랑스러운가?
그건 너의 마음에 사랑이 가득 차 있기 때문일 거야

미움도
사랑도
내 마음 속에 있는 걸 너는 몰랐지?

봄 처녀

의미 없는 만남
간절하지 않은 시간

사무치지 않는 속내는
양심을 속이고 있었던 것이겠지

꽃 삼월 해맑은 아침 햇살아래
무한이 그대가 그리워지는 건
내 마음 가져간 이유겠지

어딘가로 향하는
어딘가로 번지는 그 마음에
이젠 사랑의 꽃 날개 달아 줄게

잊고 싶은 것들

나는 어떻게 사는가

흐르는 것은 흐르는 대로
그리운 것은 그리운 대로
물처럼 흐르며 살자

너에게 들려오는 목소리
소리 없는 너의 목소리

나는 돌아보지 않으리
잊지 못할 너의 심장 소리
기다리지 않으리

내 안에 비친 거울

김재곤 시집

초판 1쇄 2021년 04월 12일

지 은 이 김재곤
디 자 인 이미래
편 집 장 이미래
편집주간 임종구
펴 낸 이 임종구
펴 낸 곳 구암출판사
등록일 2019년 7월 2일 제 573-2019-000025호
주 소 충북 청주시 흥덕구 제 1순환로 512번길 38 2F
연 락 처 043-276-1833,4
팩스밀리 043-905-4786
홈페이지 www.twlawa.com
E - Mail guahmbooks@naver.com
정 가 10,000원
I S B N 979-11-91421-01-9

이 도서의 국립중앙도서관 출판예정도서목록 (CIP)은
서지정보유통지원시스템 홈페이지(http ://seoji.ni.go.kr)와
국가자료공동목록시스템(http://www.ni.go.kr/kolisnst)에서
이용하실 수 있습니다